Cubières

L'ASSEMBLÉE DE SORBONNE,

OU

L'HISTOIRE

DES ÉTATS GÉNÉRAUX

DE L'ÉGLISE.

Cette pièce faussement attribuée à Raynal, d'après Quérard, est de Michel Cubières-Palmézeaux.

L'ASSEMBLÉE DE SORBONNE,

OU

L'HISTOIRE DES ÉTATS GÉNÉRAUX DE L'ÉGLISE,

Suivie d'une Epitre à M. le Comte DE BARRUEL-BEAUVERT.

Par M. l'Abbé RAYNAL.

A ROME,
DE L'IMPRIMERIE DU VATICAN,
Et se vend à PARIS, chez les Marchands de Nouveautés.

1789.

AVERTISSEMENT

DES ÉDITEURS.

M. L'ABBÉ RAYNAL, si connu par son histoire philosophique du commerce des européens dans les Indes, travaille, dit-on, à l'histoire de la trop fameuse révocation de l'édit de Nantes. Il était naturel qu'il la fît précéder par celle des états généraux de l'église. Il a été prêtre, et à ce titre, il doit connaître le bien et le mal que l'église a fait au monde. Il est grand écrivain, grand philosophe, et c'est à lui, plus qu'à tout autre, qu'il appartenait de transmettre à la postérité ces grands événemens. Il introduit dans son *assemblée de Sorbonne* trois moines qui, chargés par la faculté théologique de faire la censure de Voltaire, de Rousseau et de Buffon, en font au contraire une franche et vive apologie; et l'on sera surpris que des moines soient aussi justes, et aussi sensés; mais nous sommes au siècle des lumières et de la philosophie, et tout s'éclaire avec le tems, même les moines. On se souvient d'ailleurs qu'en 1773 l'Université de Paris proposa, pour le sujet d'un discours latin, cette admirable maxime ;

Non magis Deo quàm regibus infensa est ista quae vocatur hodiè philosophia.

M. Cogé, ci-devant professeur de réthorique au collége Mazarin, était alors recteur de l'Université, et ce fut lui sans doute qui choisit pour le sujet du prix cette devise, dont la vérité est généralement reconnue. Aussi un ancien avocat, nommé Me Belleguier, déjà connu par une foule d'ouvrages philosophiques, ne manqua-t-il point de traiter ce magnifique sujet, et de prouver dans un discours éloquent que la philosophie moderne n'est pas plus ennemie de Dieu que des Rois : son discours (*) ne remporta point le prix, quoiqu'on l'ait lu par-tout avec avidité, et que le discours couronné ne soit connu de personne. Un prix remporté à l'Université aurait comblé de gloire Me Belleguier qui n'en avait jamais remporté, ni à l'Université ni à l'Académie française, et c'est vraiment bien dommage que M. le recteur Cogé n'ait pas jugé à propos de lui décerner la couronne ; mais ne peut-il pas se faire que l'Augustin, le Carme et le Jacobin qui jouent un si beau rôle dans l'assemblée de Sorbonne, aient étudié sous M. le professeur Cogé ? Il n'est aucun de nous qui ne rencontre chaque jour dans le monde quelque personne qui ait été instruite par ce professeur dans ce qu'on appelle *humaniores litterae*. Ce professeur était doux, humain & indulgent : il apprenait à penser et à raisonner

(*) Voyez dans les œuvres de Voltaire le discours de M. Belleguier sur ce sujet intéressant.

profondément sur tous les objets de notre croyance : et doit-on s'étonner après cela que les trois moines de M. l'abbé Raynal, ayant été formés par un professeur - philosophe, parlent si bien de la phisolophie ?

L'ASSEMBLÉE DE SORBONNE.

On sait, depuis long-tems, que la théologie
A déclaré la guerre à la philosophie.
Les enfans de Robert (*), de Thomas, d'Augustin
Dans la Sorbonne antique, en fort mauvais latin
S'escriment chaque jour contre le grand Voltaire.
Rousseau, dont les écrits ont éclairé la terre;
De ces docteurs fourrés éprouva le courroux,
Et Buffon était prêt à tomber sous leurs coups (1);
Lorsque de ses destins la trame fut coupée.
Ces jours passés enfin, la Sorbonne attroupée,
Décida qu'il fallait un dernier examen
Pour les juger tous trois, & chacun dit *amen.*

(*) Robert, fondateur de Sorbonne.

Un Augustin, vainqueur dans plus d'une querelle ;
Doit lire de Buffon l'Histoire naturelle,
Et faire au comité promptement son rapport.
Pour combattre Rousseau, d'un glorieux effort
La preuve, en ce moment, est sur-tout nécessaire :
On l'attend d'un grand Carme orné d'un scapulaire.
Voltaire, avec gaîté déployant son savoir,
Dans les mains du papiste a brisé l'encensoir,
Et, pour le terrasser, il faut un grand génie.
Un Jacobin, venu des confins d'Ibérie,
Se présente aussi-tôt, et, devant les docteurs,
Jure de mettre au sac (2) l'oracle des penseurs :
On espère beaucoup de sa sainte promesse,
Et l'on sort pour entendre ou pour dire la messe.

Les champions tondus regagnent leur couvent,
Et là, dans un loisir et pieux et savant,
Chacun lit son auteur, le commente, l'explique,
L'admire très-souvent et fort peu le critique.
Buffon donne à penser au vaillant Augustin :
Voltaire amuse, instruit le père Jacobin :
Chaque moine devient philosophe, et le charme
Déjà même s'étend sur l'invincible Carme.
L'imagination, mère des vœux ardens,
Lui fait voir en esprit les bosquets de Clarens :
Déjà, malgré sa règle, il adore Julie
Et la préfère même à la Vierge Marie.

Soixante fois déjà, dans un doux appareil,
L'aurore a cependant précédé le soleil
Depuis que les dervis, chargés de la censure,
Font des trois grands auteurs une utile lecture.
Le syndic Ribalier les convoque. A ce nom,
Ils se rendent tous trois au palais de Sorbon (3),
Où, rangés sur les bancs, & gardant le silence,
Messieurs les bacheliers attendent leur présence
L'Augustin, le premier, fait entendre ces mots :
J'ai lu Buffon, seigneur (4). Les sublimes tableaux
Où, d'une main savante, il nous peint la nature,
Ont jadis encouru (5) votre auguste censure.
Vos yeux, dans son histoire ont cru voir des erreurs ;
Et du bûcher son livre a presque eu les honneurs.
Il vous a paru même inspiré par le diable.
Je suis plus tolérant, sur-tout plus charitable.
Pourquoi damner Buffon ? D'utiles vérités
Ses livres sont remplis. Assise à ses côtés,
L'éloquence l'inspire, et cette enchanteresse
Répand sur ses tableaux la pompe et la richesse.
Ah ! que ne prêchons-nous aussi bien qu'il écrit !
Pour remuer le cœur, pour convaincre l'esprit,
Rien ne nous manquerait. Fléchier et la Neuville
N'ont jamais mieux connu tous les secrets du style :
La Neuville et Fléchier, de l'antithèse épris,
Fatiguent par l'éclat d'un brillant cliquetis.

Buffon est toujours simple; et toujours noble et pure,
Sa prose au loin rejette une vaine parure :
Ses plus beaux ornemens sont l'ordre et la clarté :
Son style harmonieux coule avec majesté,
Et quoiqu'historien, peintre, orateur, poëte,
Jamais de la nature il n'est que l'interprète.
A peine pouvez-vous le suivre dans les cieux,
Et vous voulez borner son vol audacieux ?
Laissez-le parcourir une immense étendue,
Et fixer le soleil qui blesse votre vue.
Buffon est orthodoxe. Oui, Messieurs, je soutien
Qu'on peut être à la fois philosophe et chrétien.

Voyez avec quel art, quelle grace rapide
Il trace le portrait de l'animal stupide
Qui servit autrefois de monture au Sauveur :
Il lui donne l'allure et l'esprit d'un docteur :
L'âne a l'air, grace à lui, d'avoir fait sa licence.
Dût monsieur le syndic me mettre en pénitence,
Je ne suis point d'avis de censurer Buffon.
J'ai dit. Cette harangue interdit et confond
Le syndic Ribalier, et toute l'assemblée
En paraît, à son tour, et surprise et troublée.

Jusques à ce moment, caché dans son manteau,
Le Carme se découvre et vient juger Rousseau.

L'attention renaît : on attend des merveilles,
Et chaque docteur ouvre et dresse les oreilles.
Sur Rousseau, dit le père enflammé de courroux,
Vous avez pu tonner ? A quoi donc pensiez-vous ?
Et pourquoi l'accabler des vains foudres de Rome ?
Son étude constante est le bonheur de l'homme.
Au sortir du berceau, pour le rendre meilleur,
Et pour le préserver du crime et du malheur,
Quels soins ne prend-il pas (6) ? Sa rapide éloquence
D'une chaîne barbare à délivré l'enfance :
L'homme n'est plus esclave eu recevant le jour,
Et le faible habitant du terrestre séjour,
Grace à la passion qui l'agite et l'enflamme,
A la force du corps doit la santé de l'ame.
Sensible et courageux ! quels préjugés cruels
N'a-t-il pas attaqué, même aux pieds des autels ?
Son prêtre de Savoie est tant soit peu déiste ;
Mais comme dans le bien noblement il persiste !
Et comme il sait braver la honte et les revers,
Toujours ami de l'ordre et fléau des pervers !
Il doute ; c'est son crime, ainsi que son excuse.
Lorsque d'impiété la Sorbonne l'accuse
Aurait-elle oublié que du divin Sauveur
Il trace dans l'Emile un portrait enchanteur,
Et que de l'évangile il fait l'apologie ;
Qu'il est, sur-tout, versé dans la théologie ;

Qu'il est doux, tolérant, compatissant, humain !
Indigné de le voir suivre un si bon chemin,
Monsieur le président, moins juste que sévère,
Peut damner sans retour cet honnête vicaire
Et l'envoyer rôtir dans les feux éternels :
J'apprends à pardonner les erreurs des mortels ;
Et quittant pour Rousseau le grand prophète (7) Elie ;
Avec l'humanité je me réconcilie.
Je croyais convertir le prêtre savoyard,
Lui prouver tous ses torts ; et sous son étendard
Il vient de me ranger. J'absous l'auteur d'Emile :
Son livre désormais sera mon évangile :
Je prétends y puiser mes articles de foi,
Et vous devriez tous agir ainsi que moi.
De ma religion j'adore les maximes ;
Elles sont à la fois touchantes et sublimes,
Et le plus saint respect me conduit aux autels ;
Mais entre l'homme et Dieu pourquoi tant de mortels ?
Pourquoi tant de valets quand on n'a qu'un seul maître ?
Pour célébrer sans cesse et bénir le grand être,
Dont l'image par-tout se présente à nos yeux,
N'est-ce donc pas assez de contempler les cieux ?

Ce scandaleux discours, qu'on prend pour une injure,
Parmi les auditeurs excite un long murmure.
Déjà, pour y répondre, un jeune Bachelier
S'avance fièrement, et tel qu'un chevalier,

Il s'aprête à combattre armé du sillogisme.
Son espoir est trompé. Le chef de l'ergotisme,
Ribalier, à l'instant, d'un signe de la main
Calme le fier athlète, et dit au Jacobin:
L'abomination est dans le sanctuaire.
Un carme aimer Rousseau! Vengez-nous sur Voltaire.
C'est le plus dangereux de tous nos ennemis:
L'honneur de la Sorbonne en vos mains est remis.
Prouvez que cet auteur, par sa morale impure,
Ne cesse d'outrager la raison, la nature,
Que c'est un scélérat, un vrai tison d'enfer,
Digne qu'on l'abandonne aux mains de lucifer.
Moi, répond aussitôt l'enfant de Dominique,
Moi, mentir! non, seigneur. Par ma blanche tunique,
Par la sainte hermandad je jure hautement
De défendre Voltaire; et même, en ce moment,
J'espère vous prouver son mérite suprême,
Sans jamais recourir au puissant enthymême,
Sans m'appuyer sur-tout de l'argument cornu
Que l'on nomme *Dilemme*, et de vous si connu.
Je l'ai lu, l'ai relu, cet écrivain sublime.
Vous osez le damner! Et quel est donc son crime!
Et d'où vient contre lui ce violent courroux?
Assez joyeusement il s'est moqué de nous,
Et je dois convenir qu'il ne nous aime guère.
Au Rédempteur lui-même il déclare la guerre,

Sur sa divinité, fait naître des soupçons ;
Des miracles se rit ; les traite de chansons ;
Ne croit point le saint père infaillible, et plaisante
Sur son autorité pour nous très-imposante.
L'église a cependant persécuté, proscrit
Les empereurs, les rois, les pauvres gens d'esprit,
Et tout homme, en un mot, à la raison fidele.
Voltaire est, à vos yeux, un perfide, un rebelle ;
Mais qu'il raille avec grace, et que la vérité
Qu'il nous offre, souvent sous un masque (8) emprunté,
A bien l'art de convaincre et sur-tout de séduire !
Pope me fait penser ; Lucien me fait rire ;
Je trouve dans Voltaire et Pope et Lucien.
Quel style est plus piquant, plus léger que le sien ?
Il verse à pleines mains le sel de l'atticisme
Sur les sots préjugés, pères du fanatisme ;
De leurs vieilles erreurs il guérit les mortels,
Et de l'intolérance il brise les autels.
Peut-on à l'univers rendre un plus beau service ?
Depuis que je l'ai lu, que j'ai honte du vice !
Que je hais et maudis la superstition,
Souvent prise par nous pour la religion !
Je fus prêtre jadis, je cesse enfin de l'être.
Pour remplir dignement les saints devoirs d'un prêtre,
J'ai trop peu de vertus ; mon esprit tout charnel,
Ne rêve, en ce moment, qu'à cette Agnès Sorel,

Don

..nt je viens d'admirer la peinture charmante :
Son image, en tous lieux, me suit et me tourmente.
Je suis las de tromper les crédules humains,
Et je fais mes adieux aux pères Jacobins.
Corbera, Zapata dessillent ma paupièrre :
Pour la première fois j'apperçois la lumière.
Relisez, croyez-moi, l'*examen* (9) *important* ;
Je quitte mon métier : vous en ferez autant.

Cette harangue était aussi ferme qu'honnête.
Les cheveux cependant se dressent sur la tête
Du président-syndic : il veut avec éclat
Qu'on arrête soudain l'insolent apostat :
Mais on connaît la grace et sa vertu suprême :
On sait que sur les cœurs son pouvoir est extrême.
Cette grace adoucit Monsieur le président
Dont le zèle est bientôt devenu moins ardent,
Et qui, changeant d'esprit, ainsi que de langage,
Adresse aux éditeurs ce discours noble et sage.

Soyons justes, messieurs ; la Sorbonne autrefois
Aurait dû mieux traiter le plus aimé des rois.
Henri, le grand Henri, de ses sujets le père,
N'a jamais pu fléchir notre sainte colère.
Nous avons méconnu sa juste autorité :
Du trône avec rigueur nous l'avons écarté,
Et sur son front royal ébranlé la couronne.

Nous avons fait griller la pucelle amazone
Qui du joug des Anglais délivra son pays (10).
Nous avons à Titus fermé le paradis,
Lorsqu'à Jacques Clément nous en ouvrons la porte.
Le zèle du Seigneur un peu loin nous emporte
Et la philosophie agit bien autrement.
Elle n'a point osé louer Jacques Clément,
Et de cet assassin, moins fou que fanatique;
Nous avons fait jadis un beau panégyrique.
Ces apôtres d'ailleurs de la saine raison,
Rousseau le génevois, et Voltaire et Buffon
Par d'utiles écrits ont éclairé le monde:
On admire, on bénit leur science profonde:
Ils font haïr le vice, adorer les vertus,
Et tous les préjugés sont par eux combattus.
Sur la *prémotion* qu'on appelle *physique*,
Sur l'incarnation non moins énigmatique,
Et sur la grace enfin nous donnons des traités
Qui sont des bons esprits fort rarement goûtés.
Nos dogmes sont obscurs, et leur morale est claire;
Nous ennuyons souvent, ils savent toujours plaire.
Imitons, croyez-moi, le père Jacobin.
Nous avons si long-tems trompé le genre humain!
Tâchons de le servir par la philosophie,
Et faisons nos adieux à la théologie.

NOTES

(1) On sait que la sacrée faculté de théologie scandalisée de l'un des derniers ouvrages de M. de Buffon, intitulé : *les Epoques de la nature*, se proposait d'en faire la censure. Elle devait chicaner ce grand homme sur le système de la création. Il est vrai que ce système ne s'accorde guère avec les idées de MM. les docteurs de Sorbonne. Ils donnent au monde environ cinq ou six mille ans, & M. de Buffon le croit âgé de cinq ou six millions de siècles. Les docteurs devaient le relever là-dessus vertement. M. de Buffon l'ayant prévu sans doute, supposa que le soleil n'étant pas encore créé dans les premiers jours de la création, le Seigneur avait pu donner à ces jours cinq ou six millions d'années de durée, et peut-être que les docteurs ne sachant que dire à cela, n'ont pas osé le combattre avec leurs armes sacrées ; mais ils ont lâché après lui un champion bien redoutable. M. l'abbé Royou a composé un livre intitulé : *le Monde de verre de M. de Buffon réduit en poudre*, où ce grand homme est réellement foudroyé.

(2) Cette expression peu connue de la bonne compagnie, est très-usitée en Sorbonne : nous l'avons employée, parce qu'il faut sur-tout conserver les mœurs locales.

(3) La Sorbonne a été fondée par un certain Robert Sorbon, pauvre prêtre de province, qui vint prêcher à Paris et catéchiser les fidèles. Certains politiques prétendent que ce Robert Sorbon était aussi grand théologien que grand homme d'état. Il est certain qu'il a introduit l'égalité parmi ses prêtres; ce qui est vraiment un trait de génie. Guillaume Penn en a fait autant en Amérique, et la Sorbonne doit durer autant que les Etats-unis. La Sorbonne est la seule république où il n'y ait jamais de division; ses membres sont toujours d'accord, quand il s'agit de persécuter et de nuire, et ses membres n'ont jamais autre chose à faire.

(4) Il y avait autrefois un *sénieur* en Sorbonne, et ce mot est parfaitement rendu par celui de *seigneur*, puisque l'un et l'autre viennent de *senior*, qui veut dire *le plus vieux*. Cette note est de M. le Brigant, avocat breton, plus savant cinquante fois que Ménage dans les étymologies, puisque Ménage ne savait guère que douze cents langues, et que M. le Brigant en sait douze cents cinquante.

(5) Lorsque les cinq premiers volumes de l'Histoire naturelle de M. de Buffon eurent paru, MM. les députés et syndic de la faculté écrivirent à l'auteur la lettre qui suit :

MONSIEUR,

» Nous avons été informés par l'un d'entre nous, de » votre part, que lorsque vous avez appris que l'Histoire » naturelle dont vous êtes auteur, était un des ouvrages

» qui ont été choisis, par ordre de la faculté de théolo-
» gie, pour être examinés et censurés comme renfermant
» des principes et des maximes qui ne sont pas con-
» formes à ceux de la religion, vous lui avez déclaré
» que vous n'aviez pas eu intention de vous en écarter,
» et que vous étiez disposé à satisfaire la faculté sur
» chacun des articles qu'elle trouverait repréhensible dans
» votredit ouvrage. Nous ne pouvons, monsieur, don-
» ner trop d'éloges à une résolution aussi chrétienne, et
» pour nous mettre en état de l'exécuter, nous vous
» envoyons les propositions extraites de votre livre,
» qui nous ont paru contraires à la croyance de l'é-
» glise. »

» Nous avons l'honneur d'être, etc. »

Nous avons été informés par l'un d'entre nous, de votre part, que lorsque vous avez appris que, &c. Quelle grace! quelle élégance et quelle correction dans le commencement de cette lettre! et que la suite y répond bien! On ne dira point sans doute qu'elle ait été inspirée par le Saint-Esprit: le Saint-Esprit n'aurait point mis les trois *que* si près l'un de l'autre: il n'aurait point ajouté *de votre part*, qui est aussi inutile que désagréable. Le Saint-Esprit sait la grammaire et connaît les finesses de la langue. On devrait bien apprendre à écrire avant de censurer les grands écrivains.

Si cette lettre, au reste, prouve que messieurs les députés ignorent l'art d'écrire, les propositions qui leur paraissent repréhensibles ne prouvent pas qu'ils aient approfondi l'art de penser. Ils censurent la proposition suivante *Il y a plusieurs espèces de vérités, & l'on a coutume de met dans le premier ordre les vérités mathématiques.* Ces messieurs n'admettent apparemment et ne reconnaissent pour vérités que les mystères de la religion chrétienne, et qui pourrait les en blâmer ? Rien n'est plus démontré que la vérité de ces mystères.

Messieurs les députés blâment encore la proposition suivante : *L'existence de notre ame nous est démontrée, ou plutôt nous ne faisons qu'un, cette existence & nous.* Voici peut-être comme ces messieurs voudraient qu'on établît cette propositon : *L'existence de notre ame ne nous est point démontrée, & il est impossible que nous ne fassions qu'un, cette existence et nous.* Ces messieurs ont raison, et nous sommes entièrement de leur avis. *L'ame*, ajoute M. de Buffon, *est impassible par son essence*, et messieurs les députés ne veulent pas qu'elle soit impassible. Ainsi, quand messieurs les inqnisiteurs leurs frères font brûler un huguenot ou un juif, l'ame de ces malheureux est réduite en cendres, aussi bien que leur corps.

(6) Veut-on voir l'auteur d'Emile apprécié à sa juste valeur ? Qu'on lise des lettres qui viennent de paraître *sur le caractère et les écrits de Jean-Jacques Rousseau.* Il semble en les lisant, que Jean-Jacques Rousseau n'aurait pu se mieux peindre lui-même. C'est avec son style qu'on le caractérise, et le burin qui grava en lettres de feu les lettres de Julie, n'a rien produit de plus énergique, et, nous osons le dire, de plus passionné. Un amant ne parlerait pas mieux de sa maîtresse, une maîtresse ne tracerait pas avec plus de vérité le portrait de son amant. Doit-on en être surpris ? cet ouvrage est d'une femme, et d'une femme qui réunit toutes les graces de son sexe et toute la force de tête du nôtre, et là

profondeur d'un métaphysicien, à tous les traits d'une enchanteresse. Cette femme est la fille d'un génevois, et c'est d'un génevois qu'elle fait l'éloge. Pouvait-elle manquer d'être éloquente, pressée entre les exemples de vertus et de talens que lui donne le premier, et les rayons continuels de lumière qu'elle reçoit de l'autre? Ah! l'écrivain qui a tant aimé, devait être loué par une femme aimante, et les Lettres sur le caractère et les écrits de Rousseau ne sont que la suite des Lettres de Julie. Le plus beau des livres vient d'être prolongé, et rien ne manquera désormais au plus sublime tableau de la passion la plus sublime.

Nous connaissons sur ce même sujet un autre ouvrage qui n'est pas moins intéressant et qui va bientôt paraître, s'il n'a pas encore paru : c'est celui de M. le comte de Barruel. Ce jeune militaire, adorateur des vertus et du génie de Jean-Jacques Rousseau, le peint avec enthousiasme, et cependant avec vérité, dans presque toutes les époques de sa vie. On croit entendre, on croit voir Jean-Jacques lui-même; c'est sa physionomie présentée sous tous les aspects, et plus on la considére, plus on l'admire. L'ouvrage de M. le comte de Barruel est d'ailleurs rempli de faits curieux et importans, qui, jusqu'à ce moment, n'avaient été consignés nulle part; et l'auteur paraît avoir épuisé tous les moyens de plaire, de convaincre et d'instruire.

(7) On sait que Messieurs les Carmes qui ne veulent plus être appellés les révérends pères Carmes, ont la prétention de descendre du grand prophète Elie, et qu'ils peuvent, comme tant d'autres, faire leurs preuves

pour monter dans les carrosses du roi. La vérité est cependant qu'ils sont descendus du Mont-Carmel, où Jean Phocas, moine Grec de l'île de Pathmos, les trouva, dit-on, rassemblés au nombre de dix ou douze en 1185. Le B. Albert, patriarche de Jérusalem, leur donna, vers l'an 1209, la règle qu'ils ont suivie d'abord, et qui tombe chaque jour en désuétude. Si de pareils faits étaient plus connus de M. Chérin, les prétendus descendans d'Elie obtiendraient difficilement un certificat de généalogiste.

(8) M. de Voltaire a publié plusieurs de ses ouvrages philosophiques sous les noms empruntés de milord Bolingbroke, de l'abbé Tamponet, de M. de Corbera, de M. de Morza, de Zapata, de Jacques Aimon, de M. Belleguier, etc. M. de Voltaire ne manquait pas du courage nécessaire pour dire la vérité; mais on l'avait souvent persécuté dans sa jeunesse pour l'avoir dite, et par ce stratagême innocent, il mettait sa vieillesse à couvert; on ne pouvait pas du moins l'accuser d'être l'auteur de ses propres ouvrages, ces ouvrages portant des noms qui n'avaient rien de commun avec le sien; cette nécessité où il était de se cacher rendait d'ailleurs ses écrits plus piquans, et ses ennemis le servaient en voulant lui nuire. Quand on lit sa correspondance avec d'Alembert, on voit combien ce grand homme était à la fois timide et audacieux, combien il craignait de blesser les hommes en place, et combien il désirait d'éclairer ses contemporains : il se replie en cent façons; il prend toutes sortes de formes pour éluder la censure des premiers et détruire les erreurs des seconds. La raison, l'humanité et la liberté n'ont jamais eu de défenseur plus adroit; il portait ses coups dans l'ombre; mais ces coups n'en étaient que plus sûrs,

et l'on pourrait presque dire que sa prudence, tant qu'il habita Ferney, ne fut autre chose que l'hypocrisie du courage. Il ressemblait à un chat qui a toujours peur de se brûler la patte en tirant le maron du feu. Voilà sans doute pourquoi il prenait le nom de *Raton* dans les lettres qu'il écrivait à d'Alembert. Il y parle des ministres du Roi avec le plus grand respect, et elles finissaient toutes par les lettres initiales éc. r. l. i. n. f., qui signifient : *écrasez l'infâme*. On fit de grandes recherches à la poste pour découvrir ce que voulait dire cet éternel éc. r. l. i. n. f. et après bien des perquisitions, ne voilà-t-il pas qu'un commis, le plus savant de ses confrères, va s'imaginer que, par cet *infâme* Voltaire entend la prêtraille ou la superstition. Il fallait sans doute un grand génie pour deviner cela, et ce commis méritait une place à l'académie des belles-lettres.

(9) De tous les ouvrages philosophiques de Voltaire, il n'en est point de plus fort, de plus sensé et de plus pronfond que l'*Examen important*. Ce Voltaire qui, dans le drame de Saül, dans le dîner du comte de Boulainvilliers, etc. plaisante avec tant de grace, s'arme ici de tous les argumens que peuvent lui fournir la raison et l'expérience : il fait voir l'absurdité et les contradictions innombrables de quelques livres de l'ancien testament; mais il les fait voir sans rire et sans chercher à égayer son lecteur. On dirait que, las d'avoir plaisanté sur des matières aussi graves, l'indignation qui s'est amassée dans son sein, le transforme en homme nouveau, et lui donne les forces d'Hercule pour étouffer l'hydre de la superstition.

(10) Le comte de Ligny-Luxembourg avait eu, comme on sait, la lâcheté, l'inhumanité, de trahir, de vendre *La Pucelle d'Orléans*, qui, dans un moment de faiblesse, ou par un mépris singulier de la vie, s'étant déclarée *dissolue*, *hérétique*, *schismatique*, *idolâtre*, *séditieuse*, *invocatrice des démons*, *sorcière*, coupable enfin des forfaits les plus contradictoires, les plus invraisemblables et les plus abominables, fut encore accusée, d'une manière inquisitoriale, par des Jacobins; et le fanatique *Pierre Cauchon*, évêque de Beauvais (*). la condamna à être *arse* (brulée), ce qui fut exécuté, malgré l'irrégularité des procédures, à Rouen, le 30 mai 1431. == Voyez *Pasquier*, l'abbé *Langlet*, l'*Histoire d'Orléans*, *Mézerai*, les *Mélanges curieux*, l'*Histoire de France* de M. *Villaret*, &c.

(*) Madame la comtesse de Barruel & madame la comtesse de Menou, sa sœur, comprennent bien parmi leurs aïeux collatéraux ce redoutable évêque de Beauvais; mais elles ne s'en glorifient pas; & la maison des *Cauchon-Maurepas* s'éteint en elles.

ÉPITRE

A M. LE COMTE DE BARRUEL-BEAUVERT.

Composée en Décembre 1788.

AMI, dont le talent me fût toujours utile,
Qui cent fois réprimas les écarts de mon style,
Et qui mieux que Boileau, par tes sages leçons,
M'enseignas à rimer de folâtres chansons;
Ce Boileau que je hais autant que je l'admire,
Sur ses nombreux rivaux régna par la satyre;
Part-tout il se fit craindre, et tu te fais aimer.
Il eut jusqu'au tombeau la fureur de blâmer,
Et dans ta jeune main l'arme de la censure,
Jamais, sans la guérir, ne fit une blessure.
Si, dans un faible ouvrage, éclatent de bons vers;
Aux beautés, aux défauts également ouverts,
Tes yeux en sont frappés, et ton noble suffrage,
Quand Despréaux l'éteint, ranime mon courage.

Où sont-ils à-présent les chefs-d'œuvres nombreux
Que du plus grand des Rois vit naître l'âge heureux;
Et quels auteurs, rivaux des cignes de l'attique,
Sont dignes en effet d'exercer ta critique ?
Hélas ! il est passé le siècle des beaux Arts.
Louis qui fut long-temps l'émule des Césars,
Du génie épuisa les pompeuses merveilles.
Nous lui devons Molière et l'aîné des Corneilles.
Autre temps, autre goût. Les enfans d'Apollon
S'élancent à l'envi sur les pas de Solon,
Et chaque citoyen, tranchant du politique
S'érige en défenseur de la cause publique.
Ce ne sont que pamphlets sur le peuple et les rois.
La poésie expire. Apollon aux abois
Ne voit autour de lui que Lycurgues imberbes,
Dans leur obscurité modestement superbes,
De l'utile réforme arborer l'étendard,
Et charger de leur noms les presses de Moutard.
Linguet veut que, s'ouvrant une nouvelle route,
Le plus juste des Rois nous fasse banqueroute.
M..... vend sa plume à qui veut l'acheter,
Il est pour, il est contre : en vain pour la dompter,
R.... fit jeûner sa fougueuse éloquence :
Tous les quais sont semés d'écrits sur la finance;
Pour l'austère Mabli l'on a quitté Chaulieu,
Et jusque chez Laïs on cite Montesquieu.

Déjà pour abolir les abus innombrables,
Les projets vont en foule assaillir les notables,
Et tel réformateur pillé par ses valets,
Aux voleurs de l'état fait déjà le procès.

Quelle absurde manie? Autrefois un poëte
Réglait-il la dépense ainsi que la recette!
La Fontaine pour vivre eût-il agioté;
Et par l'appas du gain Corneille tourmenté,
Descendant tout-à-coup de la hauteur romaine,
Eût-il fait le métier d'un commis au domaine?
Pour soulager nos maux n'est-il qu'un seul moyen?

Ce n'est pas que je blâme un auteur citoyen
Qui, pour la liberté, brûlant d'un noble zèle,
Abaisse des tyrans l'audace criminelle,
Aux peuples asservis rappelle tous leurs droits,
Les met tous à couvert sous l'égide des lois,
Et du commun bonheur rétablit l'édifice:
J'aime la liberté; j'adore la justice.
Target et Cérutti, dans de hardis essais,
Ont sagement plaidé pour le peuple Français:
Et d'Entraigues (*) à mes yeux, a méri é sa gloire.
Mais faut-il, insultant les filles de mémoire,

(*) MM. d'Entraigues, Target et Cérutti ont fait d'excellens mémoires sur les Etats généraux.

Fermer toujours l'oreille à leurs accens divins.
Faut-il les dédaigner et briser dans leurs mains
L'équerre et le pinceau, le compas et la lyre ?
Faut-il que le poëte, abjurant son délire,
Ne chante plus enfin les belles ni l'amour ?

Tems heureux où régnaient Louis et Pompadour ;
Tems, où, pour conquérir une fière maîtresse,
Des prélats, même en vers (*) exprimaient leur tendresse
Où Voltaire enchantait les cœurs et les esprits,
Où l'on se demandait par quels nouveaux écrits
Il devait achever d'illustrer sa carrière ;
Tems où s'enrichissait la scène de Molière
Des chefs-d'œuvres divers des Collé, des Piron,
Où l'on courait en foule admirer au sallon
Des gracieux Vanloo les peintures vivantes,
Où l'on vit sous des mains actives et savantes
L'arbre encyclopédique élever ses ramaux,
Et, tel que le soleil, nous lancer par faisceaux
D'un jour utile et doux les rayons salutaires.
Tems des illusions, des brillantes chimères,
Qui pourriez des beaux arts retarder le déclin,
C'en est donc fait helas ! je vous rappelle en vain!
Vous ne reviendrez plus ! philosophes, poëtes,
Vous qui de la raison futes les interprètes,

(*) Allusion aux poésies de M. le cardinal de B.....

Et qui chargeant son front d'atours ingénieux,
L'avez rendue aimable et belle à tous les yeux,
Votre règne est passé : plus de chansons légères;
Plus de vers amoureux pour les jeunes bergères.
Bernard, Pézai, Dorat, de nos boudoirs chassés,
Par des calculateurs sont déjà remplacés,
Et l'art d'aimer s'oublie ainsi que l'art d'écrire.

Que ne peut mon exemple arrêter ce délire !
Je pourrais, comme un autre, aux plus fiers potentats
Adresser des leçons pour régler leurs états,
Et me faire siffler en sifflant leurs ministres.
Que me reviendrait-il de ces penchans sinistres ?
Platon perdit sa peine à conseiller Denis;
Les monarques d'ailleurs de certains beaux esprits
Un peu brutalement repoussent les censures;
Letems seul les corrige et non pas les brochures;
Et ne vaut-il pas mieux, tranquille passager,
Sur la nef de l'état doucement voyager
Et laisser au pilote, instruit par les naufrages,
Le soin de la conduire à travers les orages ?

www.ingramcontent.com/pod-product-compliance
Lightning Source LLC
Chambersburg PA
CBHW060851180626
46818CB00004B/1657
9782019591854